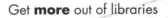

Get **more** out of libraries

Please return or renew this item by the last date shown.
You can renew online at www.hants.gov.uk/library
Or by phoning Hampshire Libraries
Tel: 0300 555 1387

Hampshire
County Council

ISBN: 2-07-039193-0
Titre original: Mr Biff the Boxer
Publié par Penguin Books Ltd, Londres
© Allan Ahlberg, 1980, pour le texte
© Janet Ahlberg, 1980, pour les illustrations
© Editions Buissonières, 1981, pour l'édition française
© Editions Gallimard, 1988, pour la présente édition
1er dépôt légal: Avril 1988
Dépôt légal: Août 1991
Numéro d'édition: 53206
Imprimé en Italie par La Editoriale Libraria

La famille Tapedur

raconté et illustré par
Janet et Allan Ahlberg

Gallimard

Il était une fois un homme
qui s'appelait Coupdepoing.
M. Coupdepoing était boxeur.
Il s'entraînait tous les jours.
C'était l'homme le plus costaud
de la ville ! Un vrai champion.
Pourtant, il y avait un autre boxeur
dans la ville : M. Tapedur.

M. Tapedur ne s'entraînait pas
tous les jours.
Il mangeait trop de gâteaux à la crème
et buvait beaucoup trop de bière.
M. Tapedur n'était pas costaud.
Il préférait s'amollir dans son fauteuil
auprès du feu.
Il préférait mettre ses chaussons
et lire son journal. Il préférait dormir
dans un bon lit douillet.

Mais un jour, on colla des affiches
dans toute la ville :
JOUR DE LA KERMESSE,
COMBAT DE BOXE :
TAPEDUR contre COUPDEPOING.

M. Tapedur annonça à sa femme :
— C'est pour la kermesse,
dit-il, je rencontre M. Coupdepoing.
— Oh, mon Dieu !
s'écria Mme Tapedur.
On dit que c'est l'homme
le plus costaud de la ville.
— Et on dit que sa femme
est la plus costaud de la ville,
dit M. Tapedur.
Mme Tapedur annonça le combat
aux enfants.

— C'est pour la kermesse !
dit-elle. Votre père rencontre
M. Coupdepoing !
— Papa va gagner !
s'écria Thomas Tapedur.
— Il va le mettre au tapis !
s'écria Thérèse Tapedur.

— Mais votre père n'est pas très
entraîné, s'inquiéta Mme Tapedur.
Et en plus il n'est pas fort.
— Nous serons ses entraîneurs,
dit Thomas Tapedur.
— Pour qu'il soit super fort,
dit Thérèse Tapedur. Tu verras !

Le lendemain, M. Tapedur
commença l'entraînement, aidé par
toute la famille.
Thomas Tapedur le faisait courir
et Thérèse Tapedur le faisait sauter
à la corde.

Mme Tapedur cacha les chaussons
et le journal,
tandis que Terrible lui interdisait
de s'asseoir dans son fauteuil.

Les enfants l'aidaient à se muscler.

Mme Tapedur
s'y mettait également.

M. Tapedur dut suivre un régime.
— Je voudrais trois gâteaux
et une canette de bière, disait-il.

— Tu auras trois carottes
et de l'eau minérale,
répondait Mme Tapedur.
Tous les jours,
les enfants lui demandaient
— Comment te sens-tu, Papa ?
Et tous les jours,
M. Tapedur répondait :
— De plus en plus mal !

Mais, un jour, alors que les enfants
lui demandaient :
— Comment te sens-tu, Papa ?
Il répondit :
— En pleine forme !

Le jour du combat arriva enfin.
Dans la ville,
on avait dressé un grand chapiteau.
Tout le monde était très énervé
et l'on se bousculait à l'entrée.

L'arbitre monta sur le ring.
— Mesdames, mesdemoiselles
et messieurs, s'écria-t-il.
À ma droite, M. Coupdepoing.
Tout le monde applaudit.
— C'est mon mari !
dit Mme Coupdepoing.
— À ma gauche, M. Tapedur.
On applaudit encore.

— C'est mon père !
s'écria Thomas Tapedur.

Coup de gong.
C'est le premier round.

M. Tapedur attaque.

M. Coupdepoing attaque.

M. Coupdepoing se déplace
à droite.

M. Tapedur se déplace
à gauche.

Tout à coup, M. Coupdepoing
donne un coup de poing
à M. Tapedur et,
en même temps, M. Tapedur
tape dur M. Coupdepoing.
Et tous les deux tombent par terre.

— Match nul, déclara l'arbitre.
Le gong résonna,
le combat était fini.

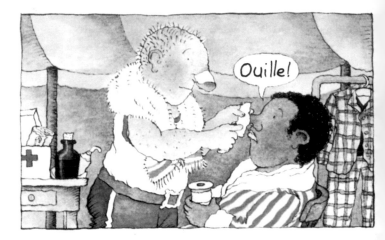

Au vestiaire, M. Tapedur
demanda à M. Coupdepoing
comment il se sentait.
M. Coupdepoing répondit :
— Pas très bien ! En fait,
donner des coups de poing,
c'est pas malin.
M. Tapedur approuva :
— Taper dur sur les gens,
c'est très dur !
Alors, M. Coupdepoing s'écria :
— J'ai une faim de loup ;
on m'avait mis au régime !
— Moi aussi, dit M. Tapedur.

Je voudrais un gâteau à la crème !
— Et une tarte tatin,
dit M. Coupdepoing.
— Du poisson et des frites,
dit M. Tapedur.
— Du poulet rôti
avec des pommes de terre sautées,
des petits pois, du pain et du beurre,
et de la bière ! dit M. Coupdepoing.

Ce soir-là, les deux familles
se réunirent autour
d'un excellent dîner.

Mme Tapedur sympathisa
avec Mme Coupdepoing

et les enfants Tapedur sympathisèrent
avec les enfants Coupdepoing.

Terrible Tapedur partagea un os
avec le chien Coupdepoing
et tous passèrent
une très agréable soirée.

BIOGRAPHIES

Janet Ahlberg illustre, **Allan Ahlberg** écrit et ensemble ils font des livres.

Allan travaille à l'arrière de la maison tandis que Janet préfère l'avant. Cette situation leur permet de faire front à toute attaque de quelque côté que ce soit. Ils grignotent de temps en temps dans la cuisine. Allan , lui, se lève tôt, travaille dur et ne résiste pas à l'heure du déjeuner.

Janet, elle, se lève tard, prend possession de tous ses moyens au crépuscule et, à deux heures du matin, se plaint des parasites de la radio.

Aujourd'hui, Janet et Allan Ahlberg sont devenus des auteurs-illustrateurs très célèbres. Comme ils aiment les enfants, la vie et l'humour, ils racontent des histoires drôles d'enfants, de vie et d'amour.

Dans la collection Folio benjamin tu connais déjà peut-être d'autres livres des Ahlberg : Gendarmes et voleurs, Bizardos, le Ver cet inconnu, Prune pêche poire prune, la Famille Petitplats.

Collection folio benjamin